U0092364

時差

Jet Lag

顧蕙倩 著

關於旅行的意義及其他

李瑞騰

　　二○○一年，妳出版散文集《漸漸消失的航道》，我以書信代序，〈致蕙倩書〉起筆便提到納莉颱風橫掃北台灣的慘狀；而現在，讀著妳即將出版的詩稿《時差》，芭瑪颱風在莫拉克之後，再度重創我們的島嶼，特別是妳剛離開的宜蘭。

　　這是我們島嶼的宿命，每一年，從夏天到秋天，風雨頻仍成災。天地怒吼，不論其成因，我們只能和它共存，肆應其變，讓自身調整到最適當的位置、最佳的姿勢，就像妳在九級颶風襲擊之際，「想念在MSN的兩頭懸著」（〈颱風〉）。我們不也都掛心著山巔海邊，以及所親所愛的這些人那些物嗎？

　　讀妳的詩文，最明顯的感受是旅行於妳之重要。我像一位安土重遷的老農，卻也能體會妳那蓋滿了兩本旅行日記的青春戳記所蘊含的生命之意義（〈彩虹〉）。為自己、為了詩以及無數詩中的「你」。最終，一切與旅行相關的有形無形之物，就只能收藏在角落，至此，也就可以「不必再流浪」了（〈收藏的角落〉）。

　　我因之而想起妳所喜愛的「旅行」與「流浪」之異質了。妳說，「離家，然後旅行，成了一種必要的生命還原」，妳在

時差

詩裡說：

> 當你問起，這次
> 為何又要開始旅行
> 一個人的旅行，也許
> 寂寞
> 可以讓我更清醒
> 在離開你的邊境反覆溫習
> 溫習我們美好的過去
> 但是，怎麼這次卻找不到
> 旅行的意義
> 其實早已在你心裡定了居

　　從動念到展開行動，然後細細尋思「旅行的意義」，這一次、那一次的。我想到，離家，是因妳有家，是因妳清楚知道，妳終將回來。妳不是說，當妳選擇在黎明來臨之前離開，妳「不忍喚他」，卻「留一杯為你溫熱的普洱／和著／去年初識的秋菊」（〈黎明〉）。

　　然而，諸如「流浪」、「放逐」的詞彙，在妳的詩中並不多見。妳是個幸福的人，即便「天涯」，「也要相隨」（〈天涯，六號〉）。我完全可以感受到妳的幸福，在這曲折多霧的台北盆地，有向妳輕揮的「溫柔的手掌」、「堅定的

手掌」（〈在台北盆地〉）；有妳「愛的掌心」（〈我愛的掌心〉）。用妳詩中一句簡單的句子，那就是「因為有愛」（〈幸福的翅膀〉）。

我也讀到妳的另一種幸福，就在〈後視鏡〉裡，妳緊握方向盤，「只為陪伴」妳的孩子，「過山過橋」；帶他在迷宮城市詭譎多變的號誌和速限中，「一路前行」。而妳很清楚，他會有另一座新興城市，終將「走出後視鏡的你」。

妳把〈在林美山〉編在詩集之末，或許是想從這終點再出發。在中學教書多年之後，妳到宜蘭的佛光大學攻讀博士學位，那裡是林美山。幾年往來奔波，可有閒情欣賞山林美景？在進出之間，妳又將改變什麼？

不變的是妳依然寫詩。妳研究的是台灣現代詩人的浪漫特質，詩學愈深，詩藝也愈精了；旅行和爬山，也都將依舊，那也關乎精進，不在形式，而在境界，在身心的從容，以及靈的契合。

＊本文作者現為國立中央大學中文系教授兼文學院院長

永遠，是現在加一點時間
——讀顧蕙倩詩集《時差》

陳謙

　　生活的庸庸碌碌看來繁瑣，又這麼無可避免的橫在眼前，對於現實除了勇於面對之外，還要學會偶一抽離，保持一己的完整性。文學創作裡那虛構的真實世界，無疑填補了這個重要的位置。

　　在社會角色的扮演上，顧蕙倩是一名稱職的高中教師，且在升學為主的名校氛圍下克盡職責，辛苦可見一斑。但私底下，顧蕙倩善感且多情，只是多情者終究為情所困，從過往出版的作品看來，那些來自周遭的人情花絮看似不曾間斷過，所幸顧蕙倩找到文字的出口作為吐露的管道，當生活的想像與遭際一一化作文字的陳述，身心才得以安然的存續下去。生活在文字裡因為誠實的還原，身心是以無缺而完整。顧蕙倩的多情，顯現在〈儀式〉中字字的省思：

　　就要對你告別
　　笑容埋葬在
　　曾經共遊的小野菊田

還在等你嗎

此刻的我

樓梯口　熟悉的回眸

一雙又圓又黑的逗號

躲藏著我們未完的

華麗圓舞曲

曾經日夜含苞的小野菊

期待盛放的多情花蕊

此刻，埋葬了自己

埋在過去

　　書寫者尚猶豫於自己的等待，遲疑自己應否離開，像是一首未能完成的圓舞曲，最後期待終是落空。在愛情的國度裡，兩情相悅才是相處之道，詩人自己的一廂情願，多源於豐富的想像，當現實與想像短兵相接，感情的世界之所以無法言傳，其實表露出詩人文字能力上的欠缺，因此曖昧的經常是思想，文字只是外顯的符號，用以表達內心感悟而已。顧蕙倩早期在詩散文合集的《傾斜／人間的喜劇》裡多的是思想上的晦澀，至今產生文字明朗，主題卻令人百思不解的乖離情況。顧蕙倩的多情，也顯現在日常交誼之中，「寂寞　好長好長／黑咖啡

／你的舊習慣／一杯一杯／需要愛的甜度與奶香」副題贈予一位
青年詩人，字裡行間濃烈的關愛常令人與人的關係尺度因而模
糊，彼此身份同時消融，讀者還可將其誤讀為給情人的一首詩
呢。但詳細想來，這是詩人的天性使然，一種情感的湧動，用在
實際的人際極為可議，諷刺的是卻能造就文學創作的同理心。

　　詩人在自序中提及：「寫詩過程就是一段段山行的路。」
可見其上一個階段文字的迷惘仍舊處於「見山不是山」的表相
狀態，但也因為作者的迷惘，我們才有詩，作者感情的困境，
竟然成為沉靜而可回味的詩篇。所幸這本《時差》，終於將時
間調到親炙的生活現場，場景歷歷在目，對象的傾訴也終於明
朗且健康，曖昧晦壞的特質不再，同樣襲來的是作者不變的多
情，〈收藏的角落〉字裡行間不時洋溢著幸福的感受：

　　　一起讀詩的日子，於是
　　　時間是一句一句
　　　微笑的意象
　　　不斷孳生的記憶是
　　　一句句
　　　詩

　　　一起看海的日子
　　　於是

沿著海角我們放心
撿拾迎面而來的
幸福，因為曾經
一起，曾經在靈魂的渡口

各自流浪的日子
一起讓蒼白的牆壁，開始有了
愛情的容顏

這兒有了收藏的角落
不必再流浪
不必再
離了航

　　流浪的愛情至此終於可將自己的身心收藏，不再漂泊無依。「心」是顧蕙倩最飄移不定的情緒動向，因為有愛，再也不必刻意迷航，牆壁的蒼白沾染了愛情的七彩，愛情不是生命的全部，但卻成為最值得疼惜的角落。

　　唯情是岸，有情是詩人作品的純淨特質，詩人豐富的情感在親情書寫上自然也未缺席，在〈後視鏡〉裡，寫到對孩子的期待與擔憂，正能體現身份距離上適切的觀照，第三節中寫道：

時差

一路冷風拉著樹梢向黑暗大步靠近，
握緊的方向盤
過山過橋一路顛躓，
只為陪伴，只是陪伴

微微起伏是你，均勻的鼻息
青髭隱隱在霧中顫抖
是霧，可以穿透你，穿越
高高的牆，帶你在人間漫步
無法一直牽著你，孩子
我只能專心注視前方
突然來臨的可能狀況
一路前行，小心翼翼
判讀迷宮城市裡
詭譎
多變
號誌和速限

我的大手曾是你

小手的掌紋

牽著你一路前行

你的掌紋一一蔓延包圍

我的城市，儼然是

另一座新興城市的地圖

　　在小孩與作者的對比下，期待的終究是「兩座城市的黎明」，小孩是作者的一塊心頭肉，但其終究會長大，有一天他有自己的生活圈，母親只能在背後默默支持著他，生命畢竟還是得由自己負責，縱有不捨也是徒然。這部分詩人倒是可以推開感情的湧浪，能以理性介入詩篇，在整本詩集中誠屬少見。

　　聽聞風向星座的她對羽球情有獨鍾，當白色小球逆風飛行，不疾不徐的懸浮在場館上空，她總是可以自如地引拍擊球，並將羽球的落點精確的設定，讓夢想達陣。感性浪漫如她，運動成為她新陳代謝後理智的追索，用以平衡她多情而敏感的心。球技是訓練，文學是藝術當然也是技術，用理性介入詩篇，顧蕙倩不是不能，而是不多嘗試，這是未來顧蕙倩可以觸碰瀏覽的風景。

　　顧蕙倩說：「太多人事的羈絆令世界混沌不明，接近自然，才能還原自己，還原一首首純粹的詩罷。」在清濁之間，其實是詩人自己搞亂那一池春水，想把詩寫好，對顧蕙倩而言已不是問題，問題是怎樣在作品中追尋到自己的去向，文本在

經過作家的琢磨下，常常是問題解決的藥方，但必須體認的，是別把生路走成死胡同，作品是作家的密碼，樂觀的人可以從縫隙中看見陽光，悲觀的寫作者常身陷泥沼而不自知，所幸顧蕙倩成為前者，雖然她因充電的理由遠遊它鄉，完全忽略身邊的幸福，但今日來看她的詩，不羈依舊，但總是少了之前的一番瀟灑，也許幸福她已握在手中，就算動身飛翔，也總有那麼一線牽掛，牽掛那纏繞著她，期待她歸返回家的地平線，〈時差〉中顧蕙倩寫著：

> 又要去哪裡旅行了呢？
> 我們的時差總是從飛行開始
> 你是地平線
> 而我是
> 巴黎的自由鐘聲
>
> 牽著你的手，永遠
> 永遠沒有
> 時差

　　詩人自喻為自由的鐘聲，喜歡不受拘束的自由，這是性情之真的詩人內在最為缺乏的安全感，因為不安所以飛行，因為

不安感情才易於游移，因為不安才寄情文字。詩人在萬里追尋之後，終於牽著幸福的手，至此，沒有時差，在愛的面前俯首稱臣，或許這是顧蕙倩對於「永遠」最好的註解罷。把握當下的幸福，且能持續地為幸福多加一點時間⋯⋯嗯，再加一點。

＊本文作者現為中原大學景觀學系專案教師。

〈自序〉山行者

顧蕙倩

寫詩過程就是一段段山行的路。

現實與意象，文字與靈感，彷彿山裡與山外的歲月，有時渾然一契，有時又有著嚴重的時差問題。

然而，我還是喜歡成為一名山行者。

家住山邊，喜歡爬山的我正是如魚游在悠悠清水之間。

沒有上班的清晨，我仍是家裡最早起的鳥兒。喜歡躡手躡腳偷看家人甜蜜入夢的睡相，然後再稍稍整頓衣裳，背起輕便小包，往不遠的遠處行去。

我是個山行者，踽踽獨行山路。

安靜傾聽自己步伐，在青苔布滿的石階上，在小水窪四濺的土坡地，一步一步穩健的踏去，使我內心充滿平靜。

心靈就像是一座巍巍然的山吧，多少崎嶇多少平坦，有時需要很努力的遊說自己，一定可以克服難題，登上清朗的最高峰，向最遠的邊境眺望；有時，更需要提醒自己，心力有餘腿力卻嚴重不足喔，不能不暫時靠在樹下休息休息。

有時駐候的心情也是美好的。雖然，已經習慣在沒有上班的假日藉登山來令自己不感到鬆懈。我可以在樹下傾聽雀鳥

啁啾，在溪畔觀看流水激石，聽風在樹林裡要傳遞給我什麼消息……微笑地想像中午要作給全家吃的午餐佳肴及菜色，或想念一位遠方的朋友。

深深吸一口氣，再向前方出。

這座巍峨的山像是一位隱者，等待我前往探訪。早期每每遇到轉彎處，我都會稍做猶疑，拿出我職場上的反映與判斷，結果跟著沒入另一簇人群，沿路盡是萬頭鑽動的風景。我想起一位朋友對我說過：沒有你的山路，很多很多寂寞；生活有了你，更怕孤寂的時光。這是不懂得孤寂的必要吧。

只是現在的我當遇到叉路時，總會選擇人少的山路前進，太多人事的羈絆令世界混沌不明，接近自然，才能還原自己，還原一首首純粹的詩罷。

二〇〇九‧五‧五

時差

目次

輯一
地址

初夏的荷塘，詩人的眉宇
默默寫字，提示
我只是一隻貓
在他的愛裡臣服

邊界

水鳥的飛行，偶然
在海與天的邊界
輕盈掠過，我驚呼
過風雨，日照，星光
每一個你牽著我
美麗而堅定的停留

我的驚呼
是你
偶然是我們的不期而遇
自
記憶沿著
海岸線剛剛才出發
還在蔓延向前，螃蟹
海鳥，足印
堅定的意志

手微微顫抖

你緊緊握著

龜山島一路緊緊相隨

我們共同的約定

邊界

靜默

擁抱彼此的靜默

我們坐在一起

雲在高山上，伏地的牽牛花

兀自盛放

空氣裡有巖石

和海浪撞擊的聲音

那是我們無法說出口的

感傷

儀式

就要對你告別
笑容埋葬在
曾經共遊的小野菊田

還在等你嗎
此刻的我
樓梯口　熟悉的回眸
一雙又圓又黑的逗號
躲藏著我們未完的
華麗圓舞曲

曾經日夜含苞的小野菊
期待盛放的多情花蕊
此刻，埋葬了自己
埋在過去

就要舉行這場告別式
靜靜的獻上

時差

開得最多蕊的一枝瓶花
當黎明來前
終將成為昨日的永遠

蔓延而多情的小野菊田
至此
不隨曲調浪漫迴旋

演唱會

遇見一場夢

2008，絢麗的煙火

你

擁擠呀，人們熱鬧

歡呼

引爆浪漫

太多人生無常的表演

寧願走入小巷，安靜此刻

陪伴歲月，陪伴彼此

陪伴

台上的歌者扭著老屁股

皮鞭

皮褲

木吉他

相互擔憂的風箏

還有耳畔俏皮的許諾

2009

微光

該給公園什麼
歲月的證明，這裡
踢皮球的孩子，小時候
大大的足印已經
提起自己的腳跟，走了
走向未知的自己

不會試圖證明公園的改變
用腳尖踢皮球的技術，也沒有
絲毫改變
年少時第一次並肩訴說愛戀的心情
初戀的角落
落葉四起
該走了

兒時的公園，重新剪綵
黑暗罪惡和流浪漢的可棲處

月光安撫兒時的夢魘

父親和微光

重新開張

寂寞開張

跛足──致年輕詩人

暗巷好深好深深
你是一頭受傷的獸
緩緩正爬行

疼痛一陣一陣
喚醒無人的記憶
遂無法入睡
寂寞好長好長
黑咖啡　你的舊習慣
一杯一杯
需要愛的甜度與奶香

黑暗的曲巷
彼端有人　我的小名
我的左腳遂成你的右足
寂寞的盡頭
陽光迎面

有我爽朗乾淨的笑聲

隨我到處玩耍

一定要弄髒膝蓋喔

植物園

夜色來臨
正是隱晦的時刻

佈滿了空氣
清涼的呼吸
看不到邊際，來自記憶
有你的回音
曾是
白日熱烈後
甜美的花香，黏膩的鳥雀
啾鳴
相愛的體溫

處處意象都在閃爍不定
看不見
任何說明，理性知識的標誌
屬於夜晚的植物園

初夏的荷塘

詩人的眉宇

默默寫字

提示

我只是一隻貓

在他的愛裡臣服

只有你解識寂寞

訴說著白天與黑夜

無法管轄的

思念

後視鏡

窗底有霧，四輪緩緩驅動
這微涼的所在。
清霧，開始降落在
你我的距離，你在後座選擇闔眼。
看不清
澄澈無邪如陽光的眸子
一夜的心情

鮪魚吐司荷包蛋，番茄
微酸
爐火烘焙之後給你
芬芳的擁抱。可以暖暖
霧起的低氣壓
緊握早餐的指尖些許蒼白的失眠
後視鏡穿透靜默的空氣
眉宇之間晨霧正濃，地殼蠢動
儼然山巒成型的姿態

一路冷風拉著樹梢向黑暗大步靠近，
握緊的方向盤
過山過橋一路顛躓，
只為陪伴，只是陪伴

微微起伏是你，均勻的鼻息
青髭隱隱在霧中顫抖
是霧，可以穿透你，穿越
高高的牆，帶你在人間漫步
無法一直牽著你，孩子
我只能專心注視前方
突然來臨的可能狀況
一路前行，小心翼翼
判讀迷宮城市裡
詭譎
多變
號誌和速限

我的大手曾是你

小手的掌紋
牽著你一路前行
你的掌紋一一蔓延包圍
我的城市，儼然是
另一座新興城市的地圖
有屬於你的號誌和速限
有霧，微光
穿透和蓄積的能量，
後視鏡
即將走出後視鏡的你

兩座城市的黎明

收藏的角落

一起打球的日子
盡情，揮灑
國手的姿態，放心
這兒有溫暖的陽光和風
可以讓排汗衫香香的
定居
有薰衣草香的衣櫃，定居
溫暖的
角落

一起讀詩的日子，於是
時間是一句一句
微笑的意象
不斷孳生的記憶是
一句句
詩

一起看海的日子
於是
沿著海角我們放心
撿拾迎面而來的
幸福，因為曾經
一起，曾經在靈魂的渡口

各自流浪的日子
一起讓蒼白的牆壁，開始有了
愛情的容顏

這兒有了收藏的角落
不必再流浪
不必再
離了航

地址

是冬日

即將遠去的腳步，絲毫

不願停駐，給自己的

抉擇，那是送給

自己的季節

非得每一片枯葉

落盡

我們收集的向日葵種子

才能

探頭

走向土撥鼠的春日，確定了

是春日

不必再回到各自的冬日

憂鬱的洞窟

四季明信片來自

時差

旅行的天性
一張又一張
雖然曾經天真美麗
春日來臨，確定

只有一個地址

寄給你
我們唯一的囚牢

在台北盆地

來自台北盆地

玩耍　讀書　戀愛　休憩

有時還會在熟悉的小徑放下我小小的鐵馬

迷路

期待　尋找　看見　記憶

我喜歡在時晴時雨的無人小徑仰望

我最愛的藍色　天宇

台北盆地總是曲折　多霧

而我總是習慣躲在看不清　的自己裡

習慣和這樣的自己寫詩　談心　微笑　哭泣

然後

在子夜時分準時找著山腰的家

你來自海岸

那兒有適合遠眺的一望無際

還有　任意　遊戲的魚群

你從海角微笑走來

溫柔的手掌向我輕揮

時差

你說
哈
妳也來了

來自台北盆地
我習慣台北的曲折　神秘
沒有遼闊
習慣在沒有四季的氣象報告中
隨意活出自己的四季
在這裡
太平洋以東
你在堅定的手掌裡緊握我的習慣
然後偷偷藏起
你說
海角　天涯
都從我們的足印開始算起

我喜歡
好喜歡看見你裸露的
起伏　心跳
遼闊
在不遠的遠處
你溫柔的問我喜歡海嗎

我說
我喜歡

小蝸牛的話

這兒哦，種子都發了芽

喜歡將我的愛在這裡
一顆一顆的
栽
下
這裡有嶄新的生命，種子們
揮別了漫漫
冬日，枯寂的困境
小蝸牛信心滿滿的
慢慢的
期待
期待新生命的歲月裡
一日一日陪伴
然後吐芽
終於，芬芳

有幸福的芬芳

小蝸牛在幸福的芬芳底

陪伴

種子的家

夜色

夜色，終於
還是
悄悄的逼近。逼進
占領我們僅有的牆角

不需要華麗炫目的花火
霓虹燈多色迷離，只是短暫
關於白日
陽光，溫暖或是陰霾
在白日僅有的牆角，
只有曬得發燙的兩張臉
可以看見，
海岸線
可以沿著時間
從天涯一直走到海角
也可以仰臥
彼此的胸膛

圈成一個好遼闊的蒼穹

關於白日
仍然不願承認太陽再溫暖
還是依約回了家

用無所不在的濃烈責任
梔子花
催醒著夜色，稱說
白日已經投降，一切
終於安靜下來
他，就是唯一的王
牛蛙不甘示弱
狂唱狂唱
叫白日不要離開

彩虹

仍然擁擠的
或者即將面臨關閉的站名
一個個曾經的青春戳記，蓋滿了
兩本旅行的日記
然後，我們就依約來到了這裡

旅行的現在式，可以
容許兩個人倒立的姿式，旅行
彼此十指緊扣，然後倒立，最接近
地心的初衷

旅行的初衷
像一道微笑的彩虹
彼方和此方，曾經的兩處
成了唯一

在臨海小鎮的山坳處我曾買了張地圖

山與海　我的旅程

而你

歲月的光影

你為我買了一個背包

一支湯匙

一杯無糖的咖啡

一把花剪

和兩隻羽毛

輯二

旅行

陌生的國度，邊界再漫長，火車風景再寂寞
手握的車票都會清楚寫上
起點和終點

練習曲

多少曲譜

我們曾認真配合觀者節奏

學著　投入

熱絡的愛情

練習唱出所謂完美的回音

曲終於　人散

回音終於和孤獨的自己

也走了散

留住熱絡期待　流下淚

和另一個扯破喉嚨

放心走音的孩子

相遇　在海角放歌

溫泉

你是山

萬年的沉積岩　陰霾不願輕啟

我是行山的旅者

向未來的幸福質借時間

以秘密擁抱你

爬升　滑降

在向陽的坡地

一步一步　都是

分秒必較的詩句

你遂擊破自己

成滾滾溫泉　迴身

擁抱我

沉鬱的台北盆地

不再

暖暖

寒流過境
島嶼與海也瑟縮
公路在高速的輪軸與輪軸間
迅速流失溫度

一個又一個　都是驛站
生命的停留
短暫的居所
記憶曾經的名字卻忘了溫度
屬於詩人的憂傷
你我無所遁形

一個很美的名字　因為溫度

我們逐漸靠近　彼此

無人的峽谷裡
想念的溫度

暖暖
你的愛

暖東峽谷

我能給妳多少溫暖
右手的位置是妳的掌心
容易冰冷憂鬱
需要我的溫暖靠近
再險峻的峽谷我都
冒險闖進

微笑海岸

月光的嬌柔溫存
昏暈了海的冷靜
日頭的熱情也灼燒
蔚藍的無限多情

多礁石的海岸呀
只是看顧
看顧著
微笑著
為層層推進的靠近
擁抱著海
成為嘴角上揚的弧線

讓寬廣的胸膛
也有停靠的寬容
一條愛情的弧線
用湛藍和礁岩依偎寫成

風浪起時
海隨著風　靜靜
依偎海岸

圓舞曲

滴滴答答

我是喜歡說話的手錶

喜歡在你臂彎吱喳又吱喳

說著甜蜜的時光

時針從12點到12點還要下個12點

說得時間都溶化成蜜糖

說得時針只想叫別離轉回相遇

又想讓自己永遠暫停

第三支錶

等待在你臂彎跳著下支圓舞曲

傷風

一個噴嚏

一次沙啞

一包喉糖

一支保溫瓶

一張滾燙的臉

一顆疼痛的頭顱

一條思念的長堤

一段無法入睡的等待

一起擔心

兩地

哈囉天氣

今天　天氣晴

你驕傲的右手裡有我

左手有漸漸清楚的山路

我們只有我和你

你說　今天也許會落雨

為我撐起一把手掌大的傘

一把將我緊緊抱起

晴天　雨天

有你的假期

不許我淋雨的你

我愛的掌心

離別的瞬間
喜歡檢視你堅定的掌心
一條一條的順著你的掌心
你的心
溫柔的撫摸　親吻　咬緊
那裡有清楚單純的紋路
有
一個溫暖的時光弧度

低著頭
撫摸你堅實的掌心
仍是多麼的害羞
害羞看著你的小眼睛
我的秘密
再也無處藏去

我愛的掌心
有我需要的愛的力量

在這舊情人的城市
在這擁擠虛無的市街裡
戀人們都在擁抱　都在親蜜
都在習慣一次又一次的分離

我愛的人呀
請用你堅實的掌心
抓緊我
牽引我的心
教我珍惜這難得的愛情

羽球

喜歡在偌大的球場裡熱烘烘的你
汗流　管他
喘氣　怕他
輕盈又沉重
專注的一頭蒼鷹

自不安亂流而來　就是給你
一眼看穿

飛來的純白羽翅
本來只是一隻自由的小小鳥
為了攔截　網中
你縱身躍起　九十三公斤的沉重
就是要和地心引力的巨大　拉扯
一拼高下

那一瞬間的無重力飛行

奮力一撲的愛情攻勢
啊
連上帝都忘了世俗的規則

山海戀

雷霆和烏雲
怎麼都一一失了蹤影
不在他的允許之下
再濃烈的陰雨霧靄
都化為一層層溫柔的拂岸
浪頭　成白雪輕舞
寧靜的為他停留

輕輕懷抱著
只有他　千年的等待
前世的守候
以山的遼闊
綿長堅定的倒影在我
不安騷動的眼神之間
我聽見
漸漸
是熱帶魚群安靜的吸吮

十萬英尺的深海
有愛情的恆溫層

旅行

於是，一個人旅行也好，三五好友，甚至
是和不相識的人拼拼湊湊的在旅行中移動
自己的生命版圖，離家，然後旅行，成了
一種必要的生命還原。

巴黎　東京　馬德里
記憶方盒子裡，我
輕易收藏
每一次的飛行
起點和終點

每一次飛行
開始旅行，因為知道
陌生的國度
邊界再漫長
火車風景再寂寞
手握的車票都會清楚寫上
起點和終點

想要收藏我們的記憶

我想開始旅行，默默走向
又一次的寂寞飛行

也許
在你的思念
我的寂寞裡
可以清楚寫上你我的名
惟一的車票
永遠的起點和終點

當你問起，這次
為何又要開始旅行
一個人的旅行，也許
寂寞
可以讓我更清醒

時差

在離開你的邊境反覆溫習
溫習我們美好的過去

但是，怎麼這次卻找不到
旅行的意義
其實早已經在你心裡定了居

移動生命版圖，離家
然後旅行
一種還原
生命的必要

輯三
時差

讓愛情決定時差的距離
同一種語言，同一個手勢
牽著你的手，永遠
永遠沒有
時差

海岸列車

再也瀟灑不起來，這海岸線
望著遲遲回站的列車，轟隆
轟隆，如此熟悉的聲音，即將
進站

轟隆轟隆，嘶吼這一段又一段
漫長
不是回站，沒有分秒停留
只是
經過
海岸線蔓延自己的思念，
從天邊來
回到天邊

列車還是繼續
前行，下一個熱鬧的
新興聚落

時差

海浪不停
鞭打，這失落的海岸線
拍打頑石，怎麼一個個
都是
固執的守候
為什麼等一個回答，可以
容許自己的思念
這麼
漫長

曾經無法管束自己，海岸線
有多少隨興
有多少自由，不許
天涯
海角
這兩個都是限制的承諾
都是一眼必然望盡的風景

開始懂得，盼望成為延長線
開始捨不得，催促離去
到站的聲音，山洞彼端
空空洞洞目送離去

鹽柱

相互傾吐　兩個人

濕潤彼此的四枚眼瞳

有著海灣的蔚藍與苦鹹

滴一滴一滴　任相思

迴聚

在南風與北山之間

沉積為神話不知的第二根鹽柱

靜靜佇候

下一次的聚首

不許回眸

愛情

不管躲在哪個季節

你都能找得到我

循著雪線

融化雪線

找到春天的第一朵向日葵

不管世界多麼遼闊

自由

孤獨，是那麼迷人

意象朦朧晦澀，給詩人

無盡的遐想

你說

愛情的答案

就只有一個

黑暗中的指引

你說

時差

我的眼睛
是天上的星子
只為你閃閃發光

心

四面都是落地玻璃
這難以捉摸的
光和影　想像和現實
透明冰冷的建築裡
住著
我最愛的寵物

孤獨的灰鼠
貪婪的
巨獸　和膽小的
大蟒蛇

外面的人們呀
看不透這建築
總稱呼這是恆溫的花房
有不死的蝴蝶和蜜糖

時差

遂滿心等待我
無私的愛情與餵養

從光與影的縫隙中
探進兩隻厚厚的手掌
直到你的出現

分離光與影
我的寵物
才有真實的救贖
在情感的草原上
被永恆的放逐

賞味期限

一份輕食

一次真心

一個早晨的快樂甦醒

廚師說　愛吃與不愛吃的嘴巴

都與食物的美好無關

口味　本是沒有食譜的微笑默契

愛情　也是有自己的賞味期限

日期過了　或是

誤會愛情的正確名稱

狼吞

虎嚥

請勿　勉強進食

時差

又要去哪裡旅行了呢？
我們的時差總是從飛行開始
你是地平線
而我是
巴黎的自由鐘聲

我還是清醒飛行
你早已遁入
你的夢境
時差
開始飛行的距離

這次的假期還是很長很長
長到可以忘記一個人的體溫
長到可以背叛自己很遠很遠
長到
可以

開始養成某些嶄新的
習慣
一種握手的習慣，一段語言的習慣
和一個新床褥的夢遊習慣

永遠只有一個時區，愛情的習慣
讓愛情決定時差的
距離
同一種語言，同一種手勢
牽著你的手，永遠
永遠沒有
時差

故事

讓我為你說個故事
順著孩子氣的開頭
這樣
是一定
只為你而說起
只有你會懂我說的人名
地名

有時我們肩靠著肩說著故事
並和
那些人名一一擦肩而過
有時我們跟著故事的地名──路
走著走著
我們的地圖
山海風景蜿蜒成我們的故事
說或不說
都不急著看盡風景

有時也騎著鐵馬四處轉

順著風逆著風

我們的故事

還是順著

前進自己的風景

有時夜深了　故事

還是要說

拿起電話是那端的你

牽掛故事還在不在我這裡

我說

說不完的故事

還在

在心裡

思念

那是思念的聲音
當每個人都在歡笑，而我
沉默不語

那是思念的腳步
不再露宿異國酒館，流浪
流浪，來回的流浪
只願佇足曾與你並肩的街頭

那是思念的溫度
一杯咖啡，你用生命沸點
燃燒的
苦澀與甘美
一日不啜飲
夜夜無眠

想還給你，思念這東西

重新學習說說謊話
繼續
流浪
喝著刺激的可樂香檳，乾杯
思念這東西，沒有可以

卻不能
沒有你

向日葵

裸人交媾
原始多汁的愛
伊甸園還是
十個太陽全面占領天空

曾經
執意熱騰騰
喧鬧
哄哄烈烈
燃燒著每一段的愛情
成熾熱的火焰
成為灰燼在所不惜

直到你的出現
──刺穿
熱情與多情
用射手的專注與真誠

讓九個太陽遁入地心
蟄伏成
汩汩溫泉
恆溫的土地，孕育
每一朵

真愛的永恆
滋長微笑，向日葵
面向
唯一的太陽神

天涯，六號

鄰家的門牌
雕飾七色，不明
憂鬱雨季後晴日的歡愉
彩虹的兩端
短暫而迷離的激情
都是無法烙印無法投遞的
地址

古銅色的銹
覆蓋
過去

六號是你給的門牌
我定居的心
沒有晴雨
只有唯一
唯一的地址只有你能投遞

你說那是我微笑的酒窩
微笑看著你手握風帆堅定前行
我的嘴角為你揚起

雖然是天涯
也要相隨
我們共同的地址

流感

你居住的城市，哈哈
我選擇
散布致命病毒
我的溫柔，我的仰慕
我的微笑弧度

你，漸漸喪失記憶
呼吸急促，忘記自己
言語能力開始嚴重退化，啊，啊
啊，只會拼命喚我的名
唯一遭受感染的
帶菌者，發燒燒到心頭
還笑別人
無法得到如此壞菌
任何症狀都將，你祈求
無藥可救

囚禁，無限期
我的病毒

輕食

在群山未醒的清晨

鮪魚　培根

起士　玉米

我

偷偷　自你夢底爬起

不聽人們說著香香甜甜的夢語

我只想做一份輕食給你

沒有油煙的黏膩關係

不要卡洛里的惱人囤積

手忙腳亂　你看不到

簡單　幸福

你　吃得到

颱風

九級風
向日葵風鈴忍不住顫抖
風雨朝西南方加碼前進
直直進入我不設防的城市

而我，情願被你擄獲
成為你
感情的囚徒

暴雨襲擊我們盆地的時候
想念在MSN的兩頭懸著

「好想你！」
啊，誰又先開了口
搶走：對方的思念

輯四
國界

當國界已然成形
我在這裡，你仍在那裡。退回到最初地心
據說那兒仍有最初的
宇宙成形的溫度

國界

我在北國學習新的語言
打開課本
第一課
冰霜
風雪

河水不再形容為輕柔
字典裡沒有
潺潺耳語，纏綿的守候
雪白的面容，老師說：
你可以套用到任何的羞赧與歡愛
溫暖的洋流才有魚群和
愛
亞熱帶的生命定律
這裡的課本，請注意
沒有

逝者如斯，這歲月的
南國的河水
此刻，光陰的故事

北國
瞬間冰封
沒有逝者，無法為美好時光徘徊
停留
遺忘與不捨
都是零度以下的
虛妄

沒有南國我們的
嬉戲
流動的思緒
瞬間冰封，我學習儲存
如愛斯基摩人
在零度以下
冷靜

讓魚群與愛的定義
儲存

南國的冬季
赤道穿心的狂熱

當國界已然成形，我在這裡
你仍在那裡
退回到最初地心，據說
那兒仍有最初的
宇宙成形的溫度
我仍然努力說話
北國的語言，冰雪風霜
讓記憶裡的國度
濕潤沼澤
留戀纏綿的
溫度，繼續
垂釣
地心

地心
無國界

四方通話

盛午給鄰人的喧嚷
我給溫柔的風
隨行你
親愛的遠方
路是四方的行走
只通向彼此的心

風箏

是天空　　也在樹頭
傾斜的風中　傾斜
飛行
總不曾讓灰藍的線頭
找不到風箏的方向

是否真正屬於那一隅
天明
天氣晴朗
有些多雲
溫暖的彩繪留在向陽的正面
或者

海岸微雨
適合靜靜降落　彼此
傾聽　成為一種低飛的姿態

幸福的翅膀

為了看見起點

公路的盡頭據說才是幸福

重新發動幸福的想望

飛啊我說飛啊

將雙臂舉起

讓雙臂遠離地心　只是

自由的呼吸

呼吸自由的空氣　自由的

心跳

放自己一個飛翔

不再有公路的曲折漫長

在山海間如鷹隼般遨遊

寂寞卻堅定的姿態

因為有愛

在不遠的遠方

在山海間的輿地

有一處讓寂寞棲止的幸福
幸福總在你的伴隨
滋長

山行者

喜歡向山行嗎？孤寂問

生活有了你，還怕孤寂？

你說

回聲在空谷徘徊

不怕　不怕　不，怕

山漸行　山色輪廓

好清晰

一步一階才現痕跡

空谷只空空

響亮抵不過跫音

每一個和自己的對話

一步一階都是訴說

妳聽見了嗎？你說

山裡走去　要

走下去

擁抱

有些起霧的跡象
車窗外
我們的車窗裡

氣象預報
低溫，大霧
整個世界都將持續在
大霧中
還不斷試探低溫的可能
還懂得偷偷鑽進
早已緊閉
車窗，然後是
溫暖胳膊窩
之後是
我們火熱的唇

一早起來為你烘烤的溫度

舌尖，嗯，還是吐司
還是愛
你也不甘示弱
大大的手掌緊緊環抱
陽光，嗯，還是

整個春天
還是
整個宇宙

在溽暑與初秋之間

——致Kyoto

不管太早或是太晚，
時間復活
在我們的相遇
最美麗的季節，降落
在這裡
葉尖一點點少女的羞紅
熱情的午後，每個駐足
旅人
褪去繁複華美的衣衫，
都是不經意
照見彼此最初的純真

你說，來到我這裡
終究還是
在溽暑與初秋之間
無法恰恰好
初春的花雨，恰恰好，

時差

繁複華麗的記憶
絮絮叨叨
一直不是我們互通的語言
只認得幾個漢字，不需多話
我喜歡我們的千年默契

不需相遇在眾人歌詠的櫻花美麗

二十年前我們的初遇
在溽暑與初秋之間
你是古今千年的版圖
曖昧的情愛
冷暖不定
那初居海岸礁石的雁鳥
飛過你
卻無心降落
盛夏的青春，我匆匆來去
我們畢竟錯身

不相信所謂默契

只在意書寫，或者
適合旅人孤獨迷路的日子
卻不適合定居於你
我相信，執意選擇
在盛夏離去

初春，或是深秋
你最美麗的季節
我卻執意回到生活，
最
現實的人生

不屬於日式甜食的
旅行的況味

沒有一大碗黏膩多汁的紅豆相思
或者，在
寒涼未滿的深秋等待我，你說
承諾，沒有地圖

只走在歲月的旅程裡

植被海岸

【出發】

是誰抱我上了岸，這
幽暗海岬的極邊角
夜晚來臨，匍伏蜷曲和
孤寂
母親雙臂如陷落的雨林
每個夜晚來臨，纏繞
溫柔乳汁的藤蔓
纏繞
陷落的回憶
乾燥的防護衣記載
族性，母體
已孕育成形
隨潮水漂散了彼此
一路隔絕著海洋
保護我

最初的完整與堅實

熱情多雨的南洋海域
才是我最初的出發，島人說

【潮間帶】

直到死亡將我推擠
向另一處陌生的人生海域

沒有退路
光年之外，小小星子忽明忽滅

於是靜靜著根、匍伏
開始學習呼吸異鄉的氣候
土壤、生長的溫度
像內陸平原最溫馴的一處草皮
任人踐踏的青草本性

學習寄居蟹蔓爬　攀附
並且安居
在冷濕和寂寞的潮間帶
屬於母親的季節、流速和
溫柔
回憶一絲絲漂流

【礫石堆】

冬天的溫度沿海岸線迅速爬昇
早已成為島人親切呼喚的乳名，我是
海岸植被

瀰漫太平洋的海岸植被，曾有
濃濃寒氣
天外的星子，漂流
植被在人間
我保護海岸山脈

時差

下一季的春天
最初的完整與堅實

這裡是閱讀世界的窗口
我伸長了頸項
以礫石堆為遠望的高台
唯一的窗口有海岸植被的高度
那是面向海洋的起點

桐花

一路有你
再驚嘆的修辭，再
讚美的形式
都只是不屬於我
淨白如斯的華麗詩句
只屬於誦歌，給純美無瑕的天使

這一帶來回的人們呀
為我駐足的，超越擴大急流氾濫
唯有你，只為一朵
與我對話
一路有你
我甘願由天使貶凡為人
墜落成俗
唯獨我的下落，人們一概無所知
只在你佈滿路塵的窗前
一路緊緊相隨

駐足

你也寂寞寂寞嗎

回聲　一直找尋在找尋

那來自潮汐的遠方

極遠方

我在翻開書頁的今晚

終於　　聽見

是誰靜靜等候

讓青春漸層　中年

從灰藍成蔚藍

這裡　還會寂寞嗎

我們駐足

再無感傷

黎明

又一個黎明前
這次
我選擇靜靜離開你

靜靜離開你
仍熟睡的你
用夢連結著鏡子的溫床
有海　有魚
有燭光
有我和你
虛幻和真實的飛翔
親愛的你　好想喚醒親愛的你
親吻向你　並大聲的道別
卻不忍喚你的名　那裡
曾有我溫柔的羽翼

讓陰暗　繼續流蕩

在黑夜的眼睛
在你熟睡的呼吸
在我們溫熱的被褥之外

黎明來臨前
讓我輕輕為你掩上門扉
踽踽的行走
走在塵土的小徑
走向
下一個未知的酒館

留一杯為你溫熱的普洱
和著
去年初識的秋菊

當滿滿的陽光喚你　如我
有第一口微涼的憂傷

天使

（一）

穿越雲彩而來

我是你的守護天使

守護著你的學習

你的腳步

每一個向同伴偷偷看齊的模樣

雖然

遲疑中帶著些許的錯亂與慌張

貼著心跳　貼著你的身影

我學習著你的擺動

感受著你的節拍

默默為你答數

1.1.1.2.1.

1.1.1.2.1.

1是左腳2是右腳1212

精　神　答　數
人道　健康　科學　民主　愛國
整齊的步伐一一落在大地上
擲地作響的是
眾聲齊鳴後的青春雄壯

（二）

雲層很低　很低
雲壓住了你微顫的眉宇
雨困住了你羞澀的四肢
你想盡情飛翔

迎著風
舞成一隻羽翼豐滿、扶搖直上的
火鳳凰
三十里長的烏雲
你說

該怎麼揮去　該如何清揚
我說

就隨著春風翩翩起舞吧
你的心也會跟著搖曳起來
眉宇是山崗
肢體如流水
守著陽光吧
惱人的風雨終會遠去

勇敢的看著自己
自信又雀躍的舞姿正向你走來
你終將離開不為人知的角落
風起　雲湧
你　就是最美麗的腳步

（三）

愛情的開端是什麼
（你問我愛情是什麼？）
（喔　戀愛！）
是不是昨天在樓梯口
我和他並肩坐著

他的眼睛底

告訴我的那個字
是不是
也是我正在想的那一個字
我好困惑
好想探索她的眼眸
卻不敢走進
不敢激起美麗的漣漪
會不會從此就是

愛情的開端呢

我說
是不是海誓山盟
是不是海枯石爛
是不是一些潮聲洶湧與
心靈交談
迴盪在愛情的此端與
不可知的未來

會不會
逐漸隨著成長
撞擊成美麗的礁岩
或是
曲折多霧的海岸呢
愛情的開端究竟是什麼呢
我說

花季
總在最成熟的時候
開始　盛放

（四）

是怎麼樣的良辰
是怎麼樣的青春
美麗古堡的煙火將遠去
一千多個日子
我即將送你遠行
你聽

出征的號角已響起
你看
燦爛的星辰即將為你升起
年輕的藍天騎士啊
快拉起你夢境的窗帷

即使

天空真的看不到邊際

地平線需要翻山越嶺

穿越雲彩而來

我就是你的守護天使

我小心翼翼　守護著你

以翅膀的遼闊

等你　飛昇躍起

如劍的彩筆　知識的指環

耀眼的鐵甲

你將手執　肯定著

一個方向

行過人間的無常

時差

你將會懂得什麼才是心底的寶藏
你是舞動生命的俠客
你是執著剛毅的勇者
你是氣宇軒昂的大將

你也是天使
天使就是你
這裡　是我們互放光亮的天堂

在林美山

龜山島還在，你也

還在守候

一種遙遠與遙遠之間

默默的承諾

你永遠都在，安全的地標

設定

從你開始

當我懷疑

台北盆地，懷疑

群山的擁擠擁擠的人潮

沒有空間對自己許下任何承諾

台北盆地多少陰雨

多少華麗煙景只是

煙景

我在林美山

時差

學習
守候著你

紀錄瑣碎中的不平凡之美
——顧蕙倩　作家專訪特輯

　　顧蕙倩，出生於一九六五年，從小個性文靜，不擅長言的她，從高中開始，將生活點滴，包含課業或是與同學的感情糾葛，都當作手記題材，透過文字，霧面記錄下那段年少歲月。

　　抒發情感對顧蕙倩而言，也可以用繪畫、照相記錄，但在沉重的升學壓力下，繁忙的課業如同枷鎖扣緊著學生，教室裡最易取得的就是筆了，於是她選擇以寫作來加以描繪生活。既然是高中生，難免和同學在課堂上會偷偷傳紙條，除了以詩句激盪彼此的腦力外，偶爾也會剪下副刊文章，相互傳閱，對她而言，用筆記錄生活，是件愉快的事情，藉由這些細微的舉動，牽引著青春時期的顧蕙倩一步步走向文學創作之路。

　　正式踏入寫作領域，是在顧蕙倩的大學時期，就讀於師大國文系的她，開始了有意識的創作。一開始顧蕙倩嘗試加入噴泉詩社，從寫詩起步，獲得了噴泉詩獎的榮耀，接著她也向報社投稿，得到刊登的肯定。由於詩的意境過於抽象，裡頭承載的情感頗為內斂，社會大眾較無法接受、理解，讀詩的人可說是遠比寫詩的人少。但散文與詩不同，平鋪直敘的方式，能夠自然而然的陳述心情，暢所欲言，為了報刊的專欄編輯，顧

蕙倩便開始著手創作散文，藉此，她從中望穿了散文的迷人樣貌，偶爾創作散文，偶爾也寫寫詩。

顧蕙倩認為自己並非專職寫作者，不需要為交作品而寫作品，這樣的方式容易造成自我要求過高，導致心靈上的疾病。在沒有稿件的壓力下，支持著她創作的動力，來自於那些同樣喜愛寫作的朋友們，及自己有意識、無意識之間依循著靈感而寫，為了求學、教學而作，是這些力量支持著她，繼續為文學耕耘。

身為創作者，顧蕙倩也有著自己喜愛的作家。談起欣賞的作家，顧蕙倩開啟了她的話匣子與我們閒話家常。寫作風格較感性但不濫情，文字清爽洗練的寫作風格，是她所喜愛的類型，如楊照、張蕙菁，這兩位作家的特點，不只是思緒理性，還摻雜了歷史觀點在文章當中，張蕙菁又較楊照感性些，卻不黏膩，帶了點俏皮。關於龍應台，顧蕙倩則從自身成長經驗反應著對其那股欣賞，龍應台於不同時期的文風不同，早期《野火集》炙熱直切的筆觸，少輕狂話中帶有刺，如一團烈火般燒進了文壇。龍應台訴人敢怒不敢言者，敲擊著許多讀書人的心情，顧蕙倩年輕時，就崇尚著那種霸氣。近期龍應台筆鋒轉為抒情溫馨，婚後育子的龍應台個性軟化、溫柔，《目送》一書正輝映著龍應台為人母且入世較深的歷程。同樣的，現在的顧蕙倩也反映著那樣的心情，由此可知人在不同的時間、地點、心情下，悅目的文類會有所不同。

問到顧蕙倩最滿意的作品，她搖搖頭表示沒有，但對於收錄於《九十二年散文選》（九歌出版）中的作品〈音樂鐘什麼時候停了〉卻很喜歡。文章的緣起，來自顧蕙倩當時任教學校一位因病過世的同仁，校方在舉辦追悼會前夕，邀請顧蕙倩寫一首悼念詩。詩尚未完成，顧蕙倩卻在午休時獨自聽見過世同仁桌邊傳來音樂鐘齒輪轉動的聲響，突然間腦中閃過靈感，發自內心懷念對方，在情感的延續下，那樣的感覺是有意識的，顧蕙倩說，人的生命就像個鐘，總有一天會停止，當發條不再轉動時，將由誰來繼續使它動作呢？就像個輪迴，因此她寫下了悼念詩，後來因緣際會下又改編為散文，刊登在中央日報上，最後被收錄到《九十二年散文選》（九歌出版）。

　　第一篇參加競賽作品是大二時現代詩課的習作，為閱讀了白萩詩人的（雁）有感而著，從模仿到轉化，成為自己的作品。在教授的鼓勵下，顧蕙倩拿著作品參加了師大噴泉詩獎，得到獎項的鼓舞後，她開始向外投稿極短篇、新詩、散文，顧蕙倩不放過那些激勵自己創作的機會。寫作對顧蕙倩而言，在整理自己的心情之際，也紓解了想發表文章的欲望，記錄了過去，回頭探望時，讓自己能夠記住曾經的成長過程，好比有人喜歡拍照，留下相片作為紀念，顧蕙倩將回憶存放在文章中。

　　許多文壇前輩，對於資訊界快速發展嗤之以鼻，無法接受原本持在手中擁有重量的書籍，漸轉為毫無真實感的電子書，甚至關於年輕一代在網路部落格抒發心情，或是從事文學創作，將其

視為非正式寫作的行為。顧蕙倩卻不這麼想，她反而鼓勵文學新人們，可以藉著所謂市場低迷的時期，嘗試各方面發展，從手寫日記，到網路部落格定期發表文章，進而投稿報章雜誌、參與文學獎，或相約好友自費出書。顧蕙倩從本身經驗出發，建議想踏入文學創作領域的初學者，大量閱讀不同風格的作品，不需要一味的模擬且生吞文字，在閱讀中尋找屬於自己的真摯情感。參加文學營隊則使人能夠一邊創作一邊學習，營隊中來自四面八方的文學愛好者集結在此，不但可以自邀請的講師學習，也從身邊的隊友們汲取知識。同時，她也認為旅行可以開拓不同的新事物，鼓勵新人可以藉著旅行讓自己擁有源源不絕的寫作素材，不因此侷限於狹小的空間。至於許多人煩惱的靈感問題，顧蕙倩提及，若是想寫作卻沒有靈感，可從敘寫閱讀心得下手，練習文字的精煉度，再漸漸培養靈感。

　　最後說到關於散文的觀感，顧蕙倩笑了笑，她傾向以詩與小說來解釋散文。詩看似自由，但限制卻更大，必須在文字創新度中，要求更加精練。小說則以情節、人物、對話構成一種它才獨有的特色。當詩和小說都有明確的解釋後，散文可以摻點詩意，也能夠加味小說手法，顧蕙倩將散文作為兩者間的平衡。

採訪／李文瑄、張家綺、吳曉玲、陳家馨、袁碩君、林春燕、羅姿惠
定稿／吳翌綺
——收錄於《銘傳大學應用中文系第八、九期文苑合刊》：2009.6

顧蕙倩文學年表

一九六五	• 十月二十日生於臺北市和平東路成功新村，祖籍江蘇常州。
一九七七	• 光仁小學畢業。
一九八〇	• 光仁中學初中部畢業。
一九八一	• 嘗試文學創作。
一九八三	• 光仁高中畢業。 • 就讀師大國文系，受黃慶萱老師及學姐羅任玲鼓勵，發表首篇現代詩創作〈雁〉於師大校刊。
一九八四	• 大二加入師大噴泉詩社。 • 獲師大噴泉詩獎佳作。 • 參加復興文藝營，結識許悔之、陳去非等詩人。後成立地平線詩社。
一九八五	• 擔任師大噴泉詩社創作組組長。 • 作品〈屈原〉，獲臺北市詩人節新詩即席創作比賽首獎。
一九八七	• 師大國文系畢業。 • 分發至北市新民國中實習。
一九八八	• 考取淡江大學中文系碩士班。
一九八九	• 兼任迴聲有聲雜誌社採訪編輯。 • 經李瑞騰教授推薦，詩人梅新賞識，轉任中央日報副刊組編輯。

一九九一	• 淡江大學中文系碩士班畢業，論文題目《蘇曼殊詩析論》，李瑞騰教授指導。 • 擔任衛理女中教師。
一九九二	• 轉任師大附中教師。編輯校刊獲選臺北市教育局校刊特優獎勵。
一九九五	• 九月，出版劇本創作《追風少年》，正中書局出版。
一九九六	• 兼任國立臺灣藝術大學講師，講授「現代詩」、「現代小說及習作」、「臺灣文學」等課程。
一九九七	• 兼任新觀念雜誌社特約採訪編輯。
二〇〇一	• 十一月，散文集《漸漸消失的航道》，健行文化公司出版。
二〇〇三	• 散文〈音樂鐘什麼時候停了〉首次入選年度文學選集。（九歌：《九十二年年度散文選》，顏崑陽主編）。
二〇〇四	• 詩作〈混聲合唱〉由師大附中學生七十名於北市新詩朗誦比賽朗誦表演。
二〇〇五	• 詩作〈In All It Glory〉由師大附中嚎好玩詩社於大安森林公園朗誦表演。 • 九月，進入佛光大學文學系博士班就讀。
二〇〇六	• 八月，發表〈眇眇來世，倘塵彼觀：譬如花也要不停的傳遞下去——以《文心雕龍・知音》六觀法析評夏宇〈象徵派〉〉，第十四屆世界華文文學國際學術研討會論文集，長春大學。

二〇〇七	• 一月，詩散文合輯《傾斜／人間的喜劇》、散文集《幸福限時批》，由唐山出版社出版，收錄二〇〇二至二〇〇七之作品。 • 擔任第二屆葉紅女性詩獎複審委員。 • 擔任臺北市第一屆青少年學生文學獎初審委員。 • 九月，發表〈浪漫主義的對立與昇華－評葉紅詩集《瀕臨崩潰的字眼感覺有風》〉，「葉紅作品與一九五〇世代女詩人」學術研討會，耕莘文教基金會；後收錄於《葉紅作品與一九五〇世代女詩人書寫》論文集，二〇〇八年九月，河童出版社出版。
二〇〇八	• 擔任臺北市第二屆青少年學生文學獎初審委員。 • 擔任第三屆葉紅女性詩獎複審委員。 • 擔任第七屆蘭陽青少年文學獎新詩組決審委員。 • 擔任第六屆基隆市海洋文學獎新詩組決審委員。 • 擔任國立臺北教育大學北青文學獎新詩組決審委員。 • 九月，發表〈論浪漫美學的個人主體性──以夏宇《備忘錄》為例〉，「二〇〇八兩岸女性詩學」學術研討會，國立臺北教育大學語教系、耕莘文教基金會主辦。

二〇〇九	• 二月，兼任銘傳大學應用中文系講師。講授「現代詩及習作」、「中國文學鑑賞與習作」等課程。 • 擔任臺北市第三屆青少年學生文學獎初審委員。 • 六月，以論文「臺灣現代詩的浪漫特質」通過口試，取得佛光大學文學系博士學位，指導教授陳鵬翔。 • 八月，銘傳大學應用中文系以兼任助理教授改聘。 • 擔任第四屆葉紅女性詩獎複審委員。 • 擔任國立臺北教育大學北青文學獎散文組決審委員。 • 擔任銘傳大學白蘆文學獎新詩組決審委員。 • 十二月，詩集《時差》出版，李瑞騰、陳謙序，收錄二〇〇六至二〇〇九作品，秀威資訊出版。 • 論文集《蘇曼殊詩析論》，碩士論文改訂之作，由花木蘭出版社出版。 • 論文集《臺灣現代詩的浪漫特質》，獲臺灣詩學雜誌社，二〇〇九年第一屆大學院校詩學研究論文獎學金。 • 論文集《臺灣現代詩的浪漫特質》，博士論文改訂之作，由秀威資訊出版。

國家圖書館出版品預行編目

時差 / 顧蕙倩著. -- 一版. -- 臺北市：秀威資訊科
技, 2010.01
　　　面；公分. -- (語言文學類；PG0324)

BOD版
ISBN 978-986-221-375-9(平裝)

851.486   98023654

語言文學類　PG0324

時差

作　　　者 / 顧蕙倩
發　行　人 / 宋政坤
執 行 編 輯 / 林泰宏
圖 文 排 版 / 郭靖汝
封 面 設 計 / 陳佩蓉
數 位 轉 譯 / 徐真玉　沈裕閔
圖 書 銷 售 / 林怡君
法 律 顧 問 / 毛國樑　律師
出 版 印 製 / 秀威資訊科技股份有限公司
　　　　　　台北市內湖區瑞光路583巷25號1樓
　　　　　　電話：02-2657-9211　傳真：02-2657-9106
　　　　　　E-mail：service@showwe.com.tw
經　銷　商 / 紅螞蟻圖書有限公司
　　　　　　台北市內湖區舊宗路二段121巷28、32號4樓
　　　　　　電話：02-2795-3656　傳真：02-2795-4100
　　　　　　http://www.e-redant.com

2010 年 1 月　BOD 一版
定價：160 元

讀 者 回 函 卡

感謝您購買本書，為提升服務品質，煩請填寫以下問卷，收到您的寶貴意見後，我們會仔細收藏記錄並回贈紀念品，謝謝！

1. 您購買的書名：＿＿＿＿＿＿＿＿＿＿＿＿＿＿＿＿

2. 您從何得知本書的消息？

　　□網路書店　□部落格　□資料庫搜尋　□書訊　□電子報　□書店

　　□平面媒體　□ 朋友推薦　□網站推薦 □其他＿＿＿＿＿＿

3. 您對本書的評價：(請填代號　1.非常滿意 2.滿意 3.尚可 4.再改進)

　　封面設計＿＿＿　版面編排＿＿＿　內容＿＿＿　文/譯筆＿＿＿　價格＿＿＿

4. 讀完書後您覺得：

　　□很有收獲　□有收獲　□收獲不多　□沒收獲

5. 您會推薦本書給朋友嗎？

　　□會　□不會，為什麼？＿＿＿＿＿＿＿＿＿＿＿＿＿＿＿＿

6. 其他寶貴的意見：＿＿＿＿＿＿＿＿＿＿＿＿＿＿＿＿＿

　＿＿＿＿＿＿＿＿＿＿＿＿＿＿＿＿＿＿＿＿＿＿＿＿＿＿＿

　＿＿＿＿＿＿＿＿＿＿＿＿＿＿＿＿＿＿＿＿＿＿＿＿＿＿＿

　＿＿＿＿＿＿＿＿＿＿＿＿＿＿＿＿＿＿＿＿＿＿＿＿＿＿＿

讀者基本資料

姓名：＿＿＿＿＿＿＿＿＿＿　年齡：＿＿＿＿　性別：□女 □男

聯絡電話：＿＿＿＿＿＿＿＿　E-mail：＿＿＿＿＿＿＿＿＿＿

地址：＿＿＿＿＿＿＿＿＿＿＿＿＿＿＿＿＿＿＿＿＿＿＿＿＿

學歷：□高中(含)以下　　□高中　　□專科學校　　□大學

　　　□研究所(含)以上 □其他＿＿＿＿＿＿＿

職業：□製造業 □金融業 □資訊業 □軍警 □傳播業 □自由業

　　　□服務業 □公務員 □教職　□學生 □其他＿＿＿＿＿＿

To：114

台北市內湖區瑞光路 583 巷 25 號 1 樓

秀威資訊科技股份有限公司　　　收

寄件人姓名：

寄件人地址：□□□

- -

(請沿線對摺寄回,謝謝!)

秀威與 BOD

BOD（Books On Demand）是數位出版的大趨勢，秀威資訊率先運用 POD 數位印刷設備來生產書籍，並提供作者全程數位出版服務，致使書籍產銷零庫存，知識傳承不絕版，目前已開闢以下書系：

一、BOD 學術著作—專業論述的閱讀延伸
二、BOD 個人著作—分享生命的心路歷程
三、BOD 旅遊著作—個人深度旅遊文學創作
四、BOD 大陸學者—大陸專業學者學術出版
五、POD 獨家經銷—數位產製的代發行書籍

BOD 秀威網路書店：www.showwe.com.tw
政府出版品網路書店：www.govbooks.com.tw

　　永不絕版的故事·自己寫·永不休止的音符·自己唱